D0551288

Ce bien n'est plus
la propriété du
C.R.S.B.P. du
Bas-St-Laurent inc.

540029

TROP BEAU !

Avis aux lecteurs

Vous êtes nombreux à nous écrire
et nous vous en remercions.
Pour être sûrs que votre courrier arrive,
adressez votre correspondance à :

Bayard Éditions Jeunesse
Collection Cœur Grenadine
3 / 5, rue Bayard
75008 Paris.

Cœur Grenadine

TROP BEAU !

CLAIRE LAROUSSINIE

Ce bien n'est plus
la propriété du
C.R.S.B.P. du
Bas-St-Laurent inc.

BAYARD JEUNESSE

BIOGRAPHIE

Claire Laroussinie est maman d'une petite Lucille. Elle a commencé à écrire à l'âge de neuf ans, mais elle a publié son premier livre à vingt-quatre ans ! Entre temps, elle a fait des études de psychologie, s'est occupée de hamsters dans un laboratoire de Physiologie nutritive, a gardé deux enfants en Angleterre, a vendu des livres pour enfants… « Trop beau » est son premier roman dans Cœur Grenadine.

Cœur Grenadine est une marque déposée,
reproduite avec l'aimable autorisation d'Alain Souchon et de Laurent Voulzy

© Couverture Bayard Éditions Jeunesse
Tous droits réservés. Reproduction même partielle interdite.
© 2002, Bayard Éditions Jeunesse

Loi n° 49-956 du 16 juillet 1949
sur les publications destinées à la jeunesse
Dépôt légal octobre 2002

ISBN : 2 227 757 28 0

Tous droits réservés. La loi du 11 mars 1957 interdit les copies ou reproductions destinées à une utilisation collective. Toute représentation ou reproduction intégrale ou partielle faite par quelque procédé que ce soit sans le consentement de l'auteur et de l'éditeur est illicite et constitue une contrefaçon sanctionnée par les articles 425 et suivants du Code pénal.

Chapitre 1

Ma copine Mielle et moi, on était en 4e. Et, un
jour, Simon est arrivé. En plein cours de maths.
Il était accompagné du principal adjoint.
– Je vous présente Simon Zuniga, vous serez
aimables de l'aider à rattraper les cours.
Un nouveau au mois de janvier ! Un Simon
tout grand, tout fin, avec un bonnet de marin
vissé sur le crâne, un sourire trop chouette, des
mains trop belles, une allure trop d'enfer. Et un
rien mystérieux : d'où il sortait, celui-là, pour

arriver au collège au milieu de l'année scolaire ? Et par quel miracle ni le sous-chef de notre collège, ni le prof de maths ne lui avaient encore demandé de retirer son bonnet ? Ils font pourtant une collection de casquettes depuis la rentrée parce que « c'est impoli de garder un truc sur la tête en classe ».

En tout cas, voilà, Simon, je l'ai bien observé toute la première journée. Il s'est assis à côté de Colin (Mayard ! Hi-hi-hi-hi…), et il a sorti de son sac une trousse toute pourrie avec des tonnes de graffiti dessus. Il était tellement beau que j'ai décidé de le surnommer « Sibeau » en secret.

C'est comme Mielle : si je l'appelle ainsi, c'est parce qu'elle grignote sans arrêt des barres de céréales au miel. Cette fois, elle s'est fait choper par le prof, et il l'a virée du cours : « On ne mange pas en classe, vous vous croyez à la cantine ? »

La règle de notre amitié, qui dure depuis le CP, voulait que si l'une de nous se faisait sortir d'un cours, l'autre suivait, et on discutait. Mais je suis restée scotchée à mon poste d'observation, je ne savais plus qu'on était lundi, ni qu'on était en cours de maths ; l'odeur de miel qui accompagnait ma meilleure copine en permanence n'aurait pas disparu, je ne me serais même pas rendu compte qu'elle n'était plus assise à côté de moi.

À la récré, Mielle n'était même pas furieuse. Elle avait passé son temps libre à se choisir une nouvelle crème colorante pour les cheveux, dans le catalogue de sa gamme préférée, qu'elle gardait toujours dans son sac.

Le soir, je me suis regardée dans la glace de la salle de bains, et je me suis trouvée... un peu... Je ne savais pas trop quoi, mais il y avait quelque chose qui clochait...

C'était mon NEZ! Il me semblait très GROS, tout à coup.

J'ai demandé à mes parents si je n'avais pas un gros nez, ils m'ont répondu non. Alors, j'ai demandé à mon petit frère, Élijah; il m'a répondu oui...

J'ai passé une bonne partie de la nuit à essayer mes vêtements et ceux de ma mère, les uns après les autres, deux ou trois fois chacun.

Si bien qu'au matin j'avais des cernes IGNOBLES sous les yeux.

J'ai mis un jean bleu et une chemise noire de papa. J'avais une allure impossible. Un gros bide, de grosses joues, et mes cheveux ne brillaient pas, et mes paupières tombaient, mes pommettes étaient trop basses, mes lèvres trop minces, mes oreilles menaçaient de se décoller, j'avais un bouton au milieu du front. Aargh! Je n'avais jamais vu tout ça AVANT. C'était complètement dingue, la quatrième dimension venait de me tomber dessus.

J'ai demandé à mes parents ce qu'ils en pensaient. Je leur ai montré mon nez, mon ventre, mes joues, mes cheveux, ils ont dit: « Tu es très belle. »

— Mais peut-être que je devrais faire un peu de sport, ai-je hasardé en désignant mes abdos mollassons.

— Pourquoi pas? a dit papa.

— Tu pourrais aller à la piscine, de temps en temps, a poursuivi maman.

— Je t'emmènerai le mercredi, si tu veux, a fait papa.

Ah! Voilà, nous y étions, la révélation était tombée comme un couperet. Croyez-moi, si vos parents envisagent d'un air serein de s'enchaîner aux contraintes d'une activité sportive le mercredi, et de s'y coller chaque semaine, c'est que quelque chose cloche. Surtout quand ils doivent déjà trimballer votre petit frère du piano au hand-ball le même jour, dans deux quartiers différents.

Donc, je suis moche, MO-CHEU !
Telle a été ma conclusion quand j'ai raconté tout ça à Mielle.
Elle a bien rigolé et a décidé sur-le-champ de m'appeler comme ça pour toujours : « Moche ».
— Ne m'appelle pas comme ça, t'es maboule ou quoi ?
Sibeau venait de passer devant nous avec son air marin. Pourvu qu'il n'ait rien entendu !
J'ai rentré mon ventre et tourné la tête de trois quarts pour que mon nez ne paraisse pas trop volumineux.
Mielle riait de toutes ses dents.
— C'est cool, le coup de la piscine ! a-t-elle hoqueté. Je viendrai avec toi. Il est seul, a-t-elle enchaîné en me désignant Sibeau, qui lisait un bouquin, appuyé à la porte de la salle de musique. C'est le moment d'aller lui parler !
Elle me poussait dans le dos, mais je freinais des deux pieds :
— Ça va pas, non ? T'as vu la tête que j'ai aujourd'hui ! Il ne faut pas qu'il me voie !

J'ai passé la matinée à jouer aux agents secrets. Sibeau a commencé à se faire des copains dans la classe. Il était souvent avec Antoine et Jules. Cette vilaine crapaude de Jennifer lui tournait un peu trop autour, avec ses grands cheveux bouclés et son petit nez en trompette… Planquée sous une écharpe longue de trois mètres, je les tenais à l'œil.

Chapitre 2

C'était insupportable, à la fin, de voir ce ballet de curieux autour de Sibeau : une bonne dizaine d'élèves de la classe lui avaient déjà parlé au moins une fois avant le déjeuner. Bientôt, il n'y aurait plus que moi qui ne serait pas allée me présenter et lui dire un mot.

J'ai inspiré une énorme goulée d'air, avec laquelle je me suis à moitié étranglée, avant de me ressaisir et d'entrer d'un pas décidé dans le réfectoire du collège. J'allais le faire ! J'allais suivre Sibeau dans la file d'attente du self-service, et j'allais m'asseoir à côté de lui...

J'ai poussé d'un geste de conquérant la grande porte de la cantine, pour découvrir que Sibeau était déjà installé à une table avec Jennifer et sa copine Amélie !

Tant pis ! J'arriverais en avance au prochain cours, je guetterais Sibeau, et je m'arrangerais pour me retrouver à la même table que lui. En classe, nous sommes assis deux par deux... Nous serions enfin seuls !

Je me suis postée dans la salle de français une bonne demi-heure à l'avance... Sibeau est arrivé en retard, avec Colin, et ils se sont assis ensemble.

Le bus ! Ils n'allaient pas m'avoir, pour le bus. Je n'habitais pas très loin du collège, à trois stations, mais je n'étais pas obligée de descendre à mon arrêt. Je pouvais me glisser vers Sibeau dans la cohue du soir et entamer la conversation, jusqu'à ce qu'il sorte. Comme ça, en plus, je saurais où il habitait.

J'ai failli étouffer en voulant grimper coûte que coûte dans ce fichu bus. Je cherchais Sibeau dans la foule, ballottée de gauche à droite dans les tournants, quand soudain je l'ai vu… Il marchait sur le trottoir avec Antoine, ils rentraient à pied.

— C'est ça qu'il me faudrait, ai-je expliqué à Mielle, une catastrophe au collège, tu vois, genre un incendie, où personne ne serait blessé, bien sûr, mais où je pourrais sauver la vie de Sibeau, par exemple.
On était étalées de tout notre long sur mon lit, les cheveux encore mouillés après notre première visite à la piscine.
— Ou alors, l'ascenseur serait en panne, a proposé Mielle.
— Sauf que les élèves n'ont pas le droit de prendre l'ascenseur, ai-je objecté.
Seuls les profs et les livreurs étaient autorisés à l'utiliser.
— Je me demande s'il a des frères et sœurs.
— Simon? a demandé Mielle bêtement.
— Oui. On pourrait appeler chez lui pour savoir?
— « Bonjour, je voudrais savoir si votre fils a des frères et sœurs? » Ils vont t'envoyer une ambulance si tu fais ça !
— Il suffit de tomber sur leur répondeur! Il y a plein de gens qui annoncent tous les prénoms de leur famille là-dessus.

– Tu as son numéro, toi?

– Ben non. Mais on peut regarder sur le Minitel, il n'y a pas forcément trente mille abonnés qui s'appellent Zuniga dans cette ville.

On a couru dans le couloir, renversé une chaise, et je suis arrivée la première au clavier du Minitel.

Nous avons trouvé un Gérard Zuniga, le père de Sibeau sûrement! Il n'habitait pas très loin du collège et même... pas très loin de chez moi!

J'ai aussitôt composé son numéro; Mielle secouait la tête d'un air navré.

– Tu es dingue, a-t-elle diagnostiqué.

– Chut!

J'ai mis le haut-parleur pour que Mielle puisse entendre, elle aussi. Le cœur battant, j'écoutais les sonneries, j'espérais que le message du répondeur avait été enregistré par Sibeau lui-même, il avait une voix merveilleuse...

Du tréfonds de ma rêverie, j'ai entendu quelqu'un demander:

– Qui est à l'appareil?

Mielle me poussait frénétiquement du coude:

– Réagis! Tu es sourde ou quoi?

– Euh..., ai-je lamentablement bafouillé.

14

C'était lui ! J'étais en train de parler à Sibeau !

– Je vous écoute, m'a-t-il encouragée.

Mielle faisait des moulinets avec ses bras.

– Enchaîne, enchaîne ! s'exclamait-elle tout bas.

– Euh… Je suis bien à la pharmacie de la gare ?

– Ah non, vous vous êtes trompée de numéro.

– Oh, pardon. Au revoir.

– Au revoir, m'a poliment répondu Sibeau.

– Ouf ! a dit **Mielle** quand j'ai raccroché.

– Tu as entendu ça ? me suis-je enflammée. Qu'est-ce qu'il est gentil !

Chapitre 3

Au dîner, je ne voulais rien manger, mais maman m'a forcée à prendre des légumes et de la salade de fruits.
— Je veux bien te laisser faire un régime, a-t-elle dit, mais je t'interdis de sauter un repas. Elle m'agace, elle est incapable de dire simplement oui à une de mes initiatives, il faut toujours un « mais ».
J'ai passé une partie de la nuit à réfléchir en écoutant mon ventre gargouiller. Qu'est-ce qui

aurait pu se passer au collège qui nous aurait rapprochés, Sibeau et moi?

J'aurais pu me porter volontaire pour faire un exposé en géo. On devait en faire chacun un avant la fin de l'année. Je choisirais comme sujet la ville d'où venait Sibeau. Logiquement, la prof aurait l'idée de nous faire travailler ensemble. Ah ah! C'était pas mal, ça!

Mais d'où venait-il, exactement? Et comment le savoir? En le guettant le matin, au cas où son père ou sa mère l'amènerait en voiture, et en regardant le numéro du département sur la plaque… Autant préparer un exposé sur tout son département d'origine, ça prendrait plus de temps!

Le jeudi matin, je mourais de faim. J'ai ingurgité un petit déjeuner digne de Pantagruel.

Moi, l'odeur de pain frais, ça me perturbe. Papa avait été chercher une baguette en promenant notre chien. C'est trop bon, trempé dans du lait froid!

– Oh oui, une soupe au lait! s'est exclamé Élijah en me voyant émietter mon pain.

Ce sont les moments où nous nous entendons le mieux, Élijah et moi: les parties de soupe au lait ou de crème de marrons. On partage aussi une passion pour le lait concentré sucré avec papa.

Les dangers de l'amour filial expliquent peut-être mon léger embonpoint.

À l'école, grosse déception : Sibeau n'était pas là !

Il s'est passé un truc bizarre, d'ailleurs : aucun des professeurs que nous avons eus dans la journée n'a posé de question sur son absence. Mme Taucerine, par exemple, qui nous enseigne l'anglais, aurait dû faire une réflexion du style : « On arrive au milieu de l'année, un lundi, et le jeudi suivant on manque déjà les cours. On ne s'en fait plus, de nos jours ! » Mme Taucerine est une personne assez désagréable. Mais, en l'occurrence, elle n'a pas moufté !

Le mystère s'épaississait autour de Sibeau.

À la récré, on a essayé d'interroger Colin discrètement.

— Il est sympa, le nouveau ? lui a demandé Mielle, mine de rien.

— Ouais, a répondu Colin, il ne parle pas beaucoup, mais il a l'air plutôt cool. Il compte les petites manies de langage des profs. Joffre a dit vingt-trois fois « donc » et trente et une fois

« c'est-à-dire » en une heure de cours d'espa-
gnol.
— Il est super mignon, en tout cas ! a claironné
Jennifer, qui nous espionnait.
— Il vient d'où ? a poursuivi Mielle.
— Dis donc, tu en poses, des questions ! a
minaudé Jennifer. Tu es amoureuse ou quoi ?
— Quoi ! a lancé Mielle.
Moi, je m'éloignais déjà. Il était hors de question que Sibeau puisse soupçonner mon intérêt
pour lui, ça aurait pu lui faire peur. C'était
marrant, cette histoire de compter les phrases
répétitives des profs. Il avait l'air vraiment
chouette, ce garçon.

Avec Mielle, nous avons échangé des petits
mots tout au long de la journée :
— Il vient d'un pays où les enfants ne vont pas
à l'école le jeudi.
— Ou alors, c'est sa religion.
— Il a bu une potion mercredi, qui l'a rendu
tellement intelligent qu'il n'a plus besoin
d'étudier.
Nos hypothèses sont devenues de plus en plus
farfelues, et on a longuement rigolé à la dernière proposition de Mielle :
— Sibeau a gagné au loto hier, il est en train de

négocier dans une banque l'achat du collège. Il va revenir demain nous annoncer que, dorénavant, nos profs sont ses employés.

Mme Cif n'a pas trop apprécié notre manque de concentration :

— Très bien, a-t-elle sentencié en nous regardant droit dans les yeux, Mielle et moi, puisque vous semblez en forme toutes les deux, choisissez un thème d'exposé avant la fin du cours. Vous le préparerez pour la semaine prochaine.

Alors là, c'était vraiment nul ! Nul, nul, NUL.

— Je n'avais pas prévu de faire équipe avec Moche, a lancé Mielle pour me sauver.

J'ai sursauté. Comment m'avait-elle appelée ?

Mielle a rougi jusqu'aux oreilles et m'a adressé un regard lourd de culpabilité.

La classe entière était morte de rire.

— Je voulais dire, avec Pauline, s'est rattrapée Mielle, beaucoup trop tard.

L'hilarité était générale, même Cif n'arrivait pas à se retenir. Mielle était encore plus gênée que moi. Ma seule consolation était l'absence de Sibeau.

Enfin, Mme Cif a eu pitié de nous et nous a accordé une semaine de plus pour choisir chacune un thème et un partenaire pour notre exposé.

Chapitre 4

En sortant, on est allées se faire des crêpes chez Mielle pour se remonter le moral. Ses parents ne devaient pas rentrer avant 19 heures, on avait la maison pour nous seules, surtout la cuisine. Toutes ces déconvenues m'avaient ouvert l'appétit. À quoi bon faire des efforts, de toute façon ? Peut-être que Sibeau ne reviendrait plus jamais au collège ! Et s'il revenait, il y aurait sûrement un crétin pour lui raconter que ma meilleure amie m'appelait Moche...

Ce soir-là, j'ai réussi à convaincre mes parents de me laisser dîner d'une pomme. Maman a carrément appelé Mielle pour qu'elle lui confirme que nous avions mangé des tonnes de crêpes en plein après-midi. La confiance régnait...

– Je n'en ai pas l'air, m'a dit maman, mais je sais dans quels extrêmes une ado écervelée est capable de tomber quand elle décide de se mettre au régime. Et ça ne t'arrivera pas, à toi, a-t-elle ajouté, j'y veille !

Parfois ça me rassure que mes parents veillent sur moi, et parfois ça m'énerve.

Je suis allée me coucher tôt, parce que j'étais fatiguée d'avoir tant réfléchi ; et puis, j'avais un point de côté ! Mais c'était impossible de dormir. Comme un môme qui reste des heures à regarder l'herbe en espérant la voir pousser, je fixais mes jambes au cas où elles s'affineraient à vue d'œil. J'avais lu dans un magazine que la pomme est un fruit recommandé dans les régimes amincissants ; elle n'en devenait pas pour autant une pilule miracle qui vous faisait fondre en cinq minutes, il fallait que je sois un peu raisonnable. Dommage...

Le vendredi, on avait deux heures de sport. À

ce moment-là, on faisait du hand-ball. Avec un nouveau participant, on allait devoir reconstituer les équipes. Je devais absolument me débrouiller pour être dans celle de Sibeau, et ensuite jouer mieux que quiconque.

Je suis allée réveiller Élijah :

— File-moi des tuyaux pour bien jouer au hand demain.

Il a rigolé à cette idée et sauté sur ses pieds.

— Trouve-nous un ballon, a-t-il ordonné avec la satisfaction d'un gamin de dix ans qui peut enfin donner des directives à sa sœur aînée.

— Je veux juste des conseils, il ne faut pas qu'on fasse de bruit.

— Ça ne suffira certainement pas : d'abord, tu es une fille, et, ensuite, tu n'es pas très sportive de nature.

Il avait raison : j'avais de plus en plus mal au côté droit. Un point de côté, ce n'était pas censé apparaître quand on courait ? Je n'avais pas fait le moindre effort physique depuis des heures !

J'avais envie de glace au chocolat. J'ai lancé un oreiller à Élijah pour qu'il me montre en silence comment mettre en pratique ses brillantes idées.

– Un oreiller, ça rebondit pas, a protesté ce petit morpion.

On a tiré des buts quand même, avec sa lampe halogène et son panda géant.

Il avait beau être petit, Élijah était déjà bien malin ; il a envoyé l'oreiller directement du côté de la lampe. Évidemment, je m'attendais à ce qu'il fasse juste semblant, pivote et tente de marquer de l'autre côté. Je me suis étalée sur le panda et, dans mon élan, je l'ai entraîné dans un tendre roulé-boulé sur deux tours au moins. J'ai étouffé un cri de surprise, mais c'était une précaution inutile : Élijah riait aux éclats, à tel point que nos parents l'ont entendu depuis le salon, où ils regardaient la télé.

Maman a recouché mon frère, et papa m'a bordée en me faisant un brin de morale (quand même !) :

– Il est encore petit, Élijah. Il doit dormir le plus possible, et toi aussi d'ailleurs : vous êtes en pleine croissance, c'est pile le moment de rêver un maximum.

Enfouie sous ma couette, je me préparais à écouter ses conseils : je pensais à Sibeau, histoire de programmer mes rêves. Mais, avant qu'il sorte de ma chambre, je lui ai quand même demandé :

– La croissance, ça peut donner des points de côté ?

– Je ne pense pas, non. Mais rigoler en douce avec son petit frère, oui, sûrement.

– J'ai super mal là.

– Oh oh ! a fait papa.

Il a appelé maman, et il lui a dit :

– Elle a mal là.

– Oh oh ! a fait maman.

Elle m'a touchée « là », juste touchée, sans brutalité. J'ai fait un bond, et j'ai poussé le cri de douleur le plus authentique de ma vie.

– Appelle un médecin, a dit maman.

Papa s'est exécuté, et maman a insisté pour me laver les cheveux. C'est un réflexe chez elle, dès que quelqu'un risque d'être malade, elle insiste pour lui laver les cheveux. Vous voulez que je vous dise ? C'est bien agréable d'avoir les cheveux propres quand on vous annonce que vous allez passer une semaine à l'hôpital.

J'étais vexée, VEXÉE : je n'allais pas voir Sibeau, et je n'allais pas jouer au hand-ball avec lui ! Appendicite aiguë. Je serais opérée à 8 heures le lendemain matin.

J'ai passé la nuit à pester contre le destin, cette espèce de traître !

Chapitre 5

Bon. Cette opération n'était pas tellement dou-
loureuse, c'était déjà ça! J'avais une cicatrice
avec des agrafes.
J'avais rêvé que j'étais à la piscine avec
Mielle. Il y avait aussi Jennifer, qui était venue
avec Sibeau. En les voyant ensemble, je glis-
sais et je m'étalais de tout mon long devant
tout le monde. Jennifer se marrait, s'appro-
chait de moi et disait : « Ma pauvre Moche, tu
as dû te faire très mal. »

Mais Sibeau me portait dans ses bras, il bousculait Jennifer en ployant sous mes 60 kg, elle tombait dans le grand bain la bouche grande ouverte, elle buvait une tasse javellisée, et elle coulait à pic.

J'étais drôlement contente, et Sibeau me regardait en souriant. J'étais amoureuse de lui, c'était sûr et certain.

Quand j'ai ouvert les yeux, j'étais tout embrumée. Élijah se penchait sur moi :

— Je suis venu avec papa, a-t-il dit.

— Où est-il ?

— Papa ? Il est allé chercher des pains au chocolat.

— Il est quelle heure ?

Dommage, cette histoire de Jennifer dans la piscine n'était qu'un rêve ! J'étais déçue. À tel point que les viennoiseries de papa ne m'ont pas fait envie ; de toute façon, je n'avais pas le droit d'y toucher.

Ils sont restés une bonne heure avec moi, ils m'avaient apporté des livres et des magazines de la part de Maman et puis ils ont dû me quitter. Papa ne voulait pas qu'Élijah rate trop l'école, et il devait aller à son bureau.

J'allais déjà mieux, les derniers effets de

l'anesthésie générale s'étaient dissipés. Je regardais des sitcoms à la télé. Machin embrassait cette cloche de Bidule quand soudain survenait Machine, la copine officielle de Machin. Les yeux pleins de larmes, elle partait en courant. Machin la suivait en criant : « Machine, attends ! » Je n'avais que treize ans, mais combien de fois j'avais déjà vu cette scène dans des films ? Impossible de savoir exactement. J'ai décidé de les compter à partir de cet instant ; j'ai griffonné sur un papier : 1.

Mielle m'a téléphoné, elle était chez elle pour le déjeuner.

— Il est dispensé de sport ! a-t-elle annoncé.

— Dispensé ? Il s'est fait mal quelque part ?

— J'en sais rien, Antoine m'a dit que Simon est dispensé pour toute l'année.

— Comment il l'a su, Antoine ?

— Ben, ils sont un peu copains, et puis Antoine aussi était dispensé aujourd'hui. Au fait, ça va ?

— Oui, ça fait même pas mal. Mais raconte !

— Ben, je n'ai pas trop vu Simon aujourd'hui, puisqu'il n'est pas venu au hand. Par contre, les ragots commencent à courir.

— Raconte !

— Comme d'habitude, Jennifer était en plein

show, elle faisait des pointes à travers le vestiaire en sous-vêtements rouges, expliquant qu'une vraie ballerine n'a jamais de frange, pour que son visage, pur et expressif, soit bien visible pour le public... Elle a dit : « Je me demande si le nouveau a remarqué que je fais de la danse. » Elle a dit aussi que Simon a deux ans de retard.

— Deux ans ?

— Oui. Elle a dit des conneries, ensuite, du style : « Il ne doit pas être très malin. »

— Oui, ai-je rebondi aussitôt, quand il la voit marcher avec souplesse et grââââce, il doit penser qu'elle boite.

On a bien rigolé, Mielle et moi. Rien ne nous amuse plus que de nous moquer perfidement de Jennifer. Cela m'a fait très mal à ma cicatrice.

Après, j'ai dormi, lu des magazines, regardé la télé et eu envie de manger des bonbons toute la journée. Juste après les cours, Mielle est venue me voir.

— Si ça se trouve, il est arrivé en plein mois de janvier parce qu'il fuyait une fille qui le harcelait dans son ancien collège, a-t-elle plaisanté.

— Meuh non, ai-je marmonné.

– Ou alors, on l'a viré, rêvassait Mielle. Peut-être qu'il a fait quelque chose de très… peut-être qu'il a tenu tête à un prof, ou volé le corrigé d'un examen…

– Tu as fini de fantasmer sur MON garçon préféré ?

Mielle a rougi :

– OK, OK ! N'empêche qu'il va falloir passer à l'action, sinon tu n'arriveras à rien.

– Ah ! Surtout ne t'en mêle pas ! me suis-je écriée. Je vais me débrouiller toute seule.

Personne encore n'avait pu faire dire à Sibeau d'où il venait, ni pourquoi il était dispensé de sport. Le secret était bien gardé. D'après les rumeurs, quand on lui posait des questions, Sibeau changeait de sujet, répondait n'importe quoi ou lançait une blague.

La mère de Mielle est venue la chercher. J'ai fait mes premiers pas en les accompagnant un peu dans le couloir. Je n'avais pas trop mal. Au ralenti, j'ai même réussi à me dandiner sur les pointes, relevant ma frange d'une main.

J'ai dit :

– Je me demande si ça se voit que mes pieds sont beaux, et mon cerveau parfumé !

Dans mon rôle, j'ai fait trébucher Jennifer sans aucune grâce.

Mielle rigolait, je continuais :

– Et que j'ai le sens de l'équilibre.

Et puis je me suis emmêlé les pattes pour de bon ; je venais de voir un truc incroyable dans une salle d'attente. Mielle racontait les vestiaires du cours de sport à sa mère. J'ai mieux regardé, aussi discrètement que possible : c'était Sibeau ! Pétrifiée à l'idée qu'il me voie faire l'imbécile, j'ai vacillé et je me suis rattrapée à Mielle. En un quart de seconde, j'avais réalisé que c'était bien lui et qu'il riait tout seul en nous observant. Mais quand il a croisé mon regard, il a eu l'air très gêné.

– Tiens-toi tranquille, m'a dit Mielle en me soutenant, tu vas finir par tomber.

J'ai fait semblant de m'agripper à elle, pour la pousser plus loin dans le couloir, je ne voulais pas qu'elle voie Sibeau. Ou plutôt, j'avais compris que Sibeau ne voulait pas qu'on le voie.

Mielle et sa mère sont parties pour de bon. Je suis retournée dans ma chambre en passant très vite devant la salle d'attente, sans regarder.

Affalée sur mon lit, je n'arrivais pas à calmer ma tête, qui se posait trois cents questions et hasardait trois cents réponses à la seconde.

Qu'est-ce qu'il faisait là ? Il était sûrement venu voir quelqu'un.

Tenaillée par la curiosité, j'ai décidé d'aller faire un tour, juste pour vérifier en fait : peut-être que j'avais rêvé! C'était la première fois que j'étais opérée, je ne savais pas si ça pouvait donner des hallucinations...

À petits pas, je me suis faufilée jusqu'à la salle d'attente, j'ai risqué un œil à l'intérieur : pas de trace de Sibeau.

— Qu'est-ce que tu fais dans le couloir? m'a apostrophée une infirmière. C'est toujours pareil avec les mômes, ils se remettent des opérations en un rien de temps! File tout de suite dans ta chambre, tu es censée rester au calme!

— Oui, oui, ai-je dit.

Et je me suis éloignée en glissant un peu sur mes chaussettes.

Elle est retournée dans son bureau.

J'ai fureté sur le chemin entre la salle d'attente et ma chambre.

Et puis, tout à coup, au détour d'un couloir, je me suis retrouvée nez à nez avec Sibeau! Il marchait, voûté, avec la même prudence que moi. J'ai laissé échapper un petit cri de surprise. Il a fait un pas en arrière.

Chapitre 6

— Salut, ai-je lancé d'un air détaché.

Je suis passée devant lui rapidement, pressée de disparaître, de me faire oublier, d'annuler ma présence, d'excuser mon existence... de ne pas le laisser s'apercevoir que j'étais en chemise de nuit!

— Salut, a répondu Sibeau en souriant.

C'était juste un sourire poli, mais il m'était adressé, à moi! J'en étais tout émue.

— Je suis venu voir un copain, a-t-il ajouté

alors que je m'engouffrais dans ma chambre.

— Ah, d'accord, ai-je acquiescé, cachée derrière ma porte déjà à moitié fermée.

— Tu ne le diras pas au collège ? Si le principal apprend que je sèche les cours pour voir un copain…

— Promis.

— Juré ? a-t-il insisté en me fixant droit dans les yeux.

Je ne sais pas ce qui m'a pris, le fait qu'il me regarde, ça m'a déstabilisée : j'ai craché par terre, dans le couloir !

Il s'est marré. J'ai précisé :

— Juré, craché.

Et puis j'ai vu l'infirmière de tout à l'heure qui arrivait vers nous. Est-ce qu'elle m'avait vue manquer de respect au sol de l'hôpital ? Elle n'avait pas l'air commode.

— Il faut que je retourne me coucher, ai-je dit en refermant ma porte.

— Euh… au revoir, a fait Sibeau.

Je n'ai pas osé le regarder partir. Un copain, voilà le fin mot de l'histoire, il était juste venu rendre visite à un copain. Et il m'avait vue en chemise de nuit. J'étais figée de honte, debout au milieu de la pièce.

J'ai entendu les pas de l'infirmière qui se rapprochaient, mais elle n'a fait que passer devant ma chambre, sans s'arrêter.

Mes parents et mon frère sont arrivés une heure avant la fin des visites. Mais j'avais la tête ailleurs.

Je me demandais pourquoi Sibeau s'était cru obligé de se justifier : « Je suis venu voir un copain. » Pourquoi il m'avait dit ça ? Pour entamer la conversation ? J'avais tout raté en y coupant court sans réfléchir.

Oui, mais il avait insisté pour que je n'en parle pas au collège.

Manquer les cours tout un jeudi pour rendre visite à un copain. En plus de tout ce que je savais déjà sur Sibeau, je découvrais qu'il était aussi un ami fidèle et dévoué… Il était parfait, ce garçon, ou quoi ?

Mes parents sont partis presque sans que je m'en rende compte.

Le samedi, Mielle a passé la matinée avec moi. Mes parents ne pouvaient pas venir du week-end : c'était l'anniversaire d'Élijah, ils avaient prévu depuis longtemps de l'emmener à Disneyland ; ils allaient dormir sur place.

Je n'avais toujours pas dit à Mielle que j'avais vu Sibeau la veille.

— Hé! J'ai une idée, m'a-t-elle annoncé.

— Laquelle?

— On pourrait appeler chez Simon, dire qu'on est des journalistes qui réalisent une étude sur les jeunes et lui poser des questions sur lui. Ce qu'il aime, d'où il vient... tout ça. Ce serait une bonne façon de mieux le connaître.

On a passé deux heures allongées sur mon lit à mettre le questionnaire au point:

— Quel âge avez-vous? Depuis quand vivez-vous à Paris? Dans quelle classe êtes-vous? Quels sont vos loisirs préférés?

— Là, est intervenue Mielle, il faut faire des propositions, genre 1 — le sport...

— Mais non, il est dispensé!

— Ben justement, peut-être qu'il nous dira pourquoi, à ce moment-là.

La mère de Mielle est venue la chercher. Nous avions terminé le questionnaire, je l'ai glissé dans le tiroir de ma table de nuit et nous avons échangé, Mielle et moi, un clin d'œil complice en nous disant au revoir.

Maman et papa m'ont appelée au téléphone depuis Disneyland, Élijah était fou de joie. J'ai lu un bout de roman, deux magazines que maman m'avait apportés la veille, et j'ai commencé à m'ennuyer.

Vers midi, on a cogné à ma porte.

– Entrez, ai-je dit comme un directeur depuis son grand fauteuil en cuir.

La porte s'est ouverte doucement… et si j'avais été debout, je serais tombée ! J'ai regretté aussitôt de ne pas avoir demandé qui c'était, et de ne pas avoir réclamé deux minutes d'intimité supplémentaires, histoire de me coiffer et m'habiller en un temps record.

Je n'en croyais pas mes yeux. C'était Sibeau !

Il était là, devant moi, avec son bonnet de marin, son beau sourire et une pile de bandes dessinées dans les bras.

– Salut, a-t-il dit. Ça va ?

– …

C'était horrible. Je me sentais horrible. J'étais sûre d'être toute rouge.

– J'ai quelques BD avec moi, tu aimes ? J'ai des *Tintin* et des *Chevalier Ardant*.

– J'adore !

J'ai commencé à me détendre un peu, et à bénir le destin, mon nouveau meilleur ami. Papa et moi, on adore les BD, on en a plein à la maison. Sibeau s'est assis près de moi et m'a tendu *Le chevalier noir.*

Une infirmière est entrée, elle m'apportait le déjeuner.

— Bonjour, Simon, a-t-elle dit, tu as retrouvé une copine ? Tu veux déjeuner ici ?

— Bonjour, a répondu Simon. Non, je dois y aller.

— Mais… vous vous connaissez ? me suis-je exclamée.

— L'un de mes copains s'est cassé la jambe, je viens lui rendre visite.

L'infirmière n'a pas insisté, elle a posé mon repas sur la table, je l'ai remerciée, et elle est sortie.

— Je sais, tu me l'as déjà dit, et même que j'ai craché de ne pas le répéter.

On a rigolé.

— Il faut que j'aille lui tenir compagnie un peu, je reviens te voir dans une heure, OK ?

— OK, me suis-je empressée de répondre.

Chapitre 7

J'ai lu la BD, et puis j'ai eu envie de faire quelques pas. Je suis sortie de ma chambre en catimini, évitant de me faire remarquer par l'infirmière en chef. Afin de l'éviter tout à fait, je me suis glissée dans l'ascenseur; en changeant d'étage, je changeais de service, et donc d'infirmières.

J'ai trottiné avec une certaine curiosité dans un couloir semblable au mien, mais plus silencieux. Il faisait super beau, j'ai décidé de sortir.

Dehors, j'ai jeté un œil par une fenêtre qui donnait sur une chambre. Il y avait un lit vide, entouré d'une sorte de bâche en plastique transparent. On aurait dit une bulle de savon. C'était une salle de jeu, ou quoi ? Les enfants venaient-ils là pour simuler un voyage dans l'espace ? J'ai poursuivi mon chemin. Un peu plus loin, par une autre fenêtre, j'ai aperçu quelqu'un. Est-ce que toutes les chambres étaient équipées de la même façon ? J'ai regardé, je m'attendais à trouver un enfant en train de jouer.

Il y avait là un tout petit môme assis sur son lit, entouré de cette mystérieuse bulle. Mais il n'avait pas l'air de jouer. Il était chauve et pâle, il regardait la télévision. Il m'a vue, m'a souri, je lui ai fait un petit signe amical de la main, et la porte de sa chambre s'est ouverte. Je suis remontée rapidement dans la mienne.

Je me demandais de quoi pouvait bien souffrir ce petit garçon pour être installé dans un endroit si bizarre.

— Toc, toc, a dit la porte.
— Entre.
Sibeau est revenu s'installer sur le fauteuil.

– Ça va? ai-je demandé.

– Oui.

Il y a eu un silence. C'était plutôt embarrassant.

– Je ne dirai à personne que ta copine t'appelle Moche. Tu veux que je crache moi aussi?

On a éclaté de rire. Je me sentais bien, bien, BIEN, tout à coup.

– C'est pour ça que tu me fais confiance? Parce que tu peux me faire chanter avec ces histoires de surnom?

– C'est parce que tu as l'air moins pipelette que les autres filles de la classe, et en même temps tu es plutôt marrante.

Je lui plaisais ou quoi? « QUOI! » aurait hurlé Mielle si elle nous avait vus. Je me sentais bien, bien et super bien.

– Vous changez les noms de tout le monde? m'a demandé Sibeau. Tu l'appelles Mielle, elle t'appelle Moche. Vous m'avez déjà trouvé un pseudo?

J'allais piquer un fard, c'était sûr!

– J'ai envie de marcher, ai-je dit en esquivant le sujet. On sort un peu?

Nous avons fait quelques pas dans le couloir.

– Je n'ai rien avalé depuis ce matin, a dit Sibeau. Je meurs de faim, pas toi?

Je ne voulais surtout pas qu'il me prenne pour

une de ces filles pas marrantes, qui passent leur temps à surveiller leur poids (même si j'en étais précisément devenue une depuis que je le connaissais…), alors je me suis exclamée :

— J'ai TRÈS faim.

Les infirmières lui disaient bonjour en le croisant, elles le connaissaient toutes.

— Mon père est le directeur de cet hôpital, a dit Sibeau.

Sur le moment je me suis dit : « Ah ! voilà pourquoi il connaît tout le monde ! », mais plus tard, j'ai pensé que c'était bizarre : sécher les cours devant les yeux du personnel tout entier d'un établissement dont son père est le patron ! Les infirmières risquaient de cafter et, en plus, Sibeau pourrait croiser son père en personne dans un couloir. Enfin, après tout, il n'avait séché que jeudi ; peut-être qu'il avait raconté à tout le monde qu'un prof était malade et qu'il n'y avait pas cours.

Il m'a emmenée dans les cuisines.

La chef des lieux l'a accueilli à bras ouverts, elle semblait contente de le voir. Elle s'appelait Josie.

— On a très faim, a dit Sibeau d'une voix gourmande.

46

— Le déjeuner était trop léger pour moi, ai-je enchaîné.

Josie a désigné son domaine d'un grand geste :

— Je n'ai pas le temps de m'occuper de vous, de quoi avez-vous besoin ? Vous irez manger au réfectoire.

— Il y a un petit réfectoire au rez-de-chaussée, m'a expliqué Sibeau. La plupart des malades mangent dans leur chambre, mais pour ceux qui font de longs séjours et qui sont valides, c'est plus sympa de s'attabler à plusieurs, de temps en temps.

— Alors ? a insisté Josie, qu'est-ce que je vous donne ? Choisissez !

— Il ne faut pas me dire ça, m'a prévenue Sibeau, sinon, je fais n'importe quoi.

— Sûrement pas des trucs pires que moi, l'ai-je défié.

— Tu paries ? Ce que je préfère, c'est la pâte feuilletée crue.

— MMMMmmmh ! Pas mal. Moi aussi, j'aime les choses crues.

— Vas-y, a dit Sibeau, donne des directives, on va voir si tu as de bonnes idées alimentaires.

J'ai relevé le défi :

— Farine de blé, deux œufs, du sucre en poudre

47

et aussi un sachet de sucre vanillé, et du chocolat fondu.

Josie nous a donné tout ça sans sourciller, et nous sommes allés au réfectoire.

Nous nous sommes installés à une table. Il n'y avait personne, tout était tranquille. Sibeau a éparpillé les ingrédients autour de nous, il a cassé les œufs dans le saladier, il a remué, ajouté le sucre.

— Touille encore, ai-je insisté.

Sibeau brassait ma mixture avec application.

— C'est un gâteau tout bête, pour l'instant, a-t-il persiflé avec un sourire en coin.

— Attends un peu ! Il faut ajouter le chocolat avant qu'il durcisse.

Sibeau a mélangé le tout.

— C'est un gâteau au chocolat tout bête, a-t-il observé.

— Oui, mais as-tu déjà essayé de le consommer tel quel, sans le faire cuire ?

Nous ricanions en savourant notre pâte chocolatée à la petite cuillère.

C'était la première fois de ma vie que je trouvais quelqu'un capable de manger ce genre de cuisine. D'habitude, les gens me traitaient de dingue et tentaient de me dissuader d'avaler des trucs pareils. Même papa et Élijah.

– C'est marrant, a dit Sibeau, je n'avais jamais rencontré personne capable de se nourrir aussi mal que moi.

Nos rires ont encore redoublé quand Josie est passée nous voir et a jeté un œil dégoûté sur le contenu du saladier.

– Vous êtes givrés, tous les deux ! a-t-elle lancé. N'en mangez pas trop quand même, vous allez être malades !

Vers 17 heures, Sibeau a dit qu'il devait partir. Nous avions discuté de nourritures savoureusement farfelues, de jeux vidéo, de bandes dessinées évidemment. Je lui avais dit du mal d'une bonne partie de nos camarades de classe. J'étais sur un nuage très très confortable.

Il m'a laissé deux albums de *Tintin,* je lui ai tendu un *Thorgal* que papa m'avait apporté la veille.

– C'est pour ton copain, ai-je dit.

Il m'a promis de passer me voir le lundi soir.

– Tu viens tous les soirs de la semaine ?

– Oui, a dit Sibeau, c'est un bon copain.

– Il est dans quelle chambre ? Tu me le présenteras ?

– Je n'aime pas les questions, a marmonné Sibeau en s'éloignant.

Oh là ! Qu'est-ce que j'avais dit ? Il avait l'air fâché et, qui plus est, fâché contre moi !

Prise de panique, j'ai lancé avant qu'il disparaisse pour de bon :

– La pire de toutes, c'est : « Qu'est-ce que tu veux faire plus tard ? » Quand un ami de mes parents me la pose, je réponds toujours une grosse idiotie, genre : « Pyromane ! »

Je l'ai vu sourire de loin, mais il n'est pas revenu sur ses pas. J'avais gaffé !

Je suis retournée compter tristement mes clichés dans les feuilletons télé. Comment j'avais pu le rendre si distant en deux phrases ? Deux questions, d'accord, mais elles étaient bien anodines. Je m'en voulais, j'avais tout fichu par terre. Nous avions passé un après-midi super agréable, et voilà. Je n'y comprenais rien. J'en étais à sept clichés quand Mielle a téléphoné.

Je n'ai pas pu tenir, je lui ai dit que j'avais vu Sibeau à l'hôpital. Je lui ai raconté qu'il était venu voir un de ses amis. Je ne lui ai pas dit que j'avais fâché Sibeau alors que tout allait bien, j'avais tout gâché.

En fait, j'étais vraiment déprimée. Dépitée. Dégoûtée. Et super amoureuse. Super, SUPER A-MOU-REU-SE.

Chapitre 8

Mielle a débarqué dans ma chambre le dimanche matin avec des croissants chauds. Elle m'a posé 150 000 questions sur notre rencontre. Je lui ai raconté que nous avions mangé un gâteau au chocolat cru.

— Bêêêêêrk! a-t-elle gémi. On ne dirait pas qu'il mange comme ça, il est tout mince. C'est qui, ce copain qui s'est cassé la jambe, tu le connais?

— Euh… Non, il ne me l'a pas présenté.

– Il est dans quelle chambre ?

– Il doit être rentré chez lui maintenant, on ne reste pas des semaines à l'hôpital pour une jambe cassée.

J'ai pensé : « Mais oui, au fait, on ne reste pas si longtemps à l'hôpital pour une jambe cassée ! »

– Mais… Simon ne t'a pas dit qu'il revenait le voir lundi ?

Je m'en suis sortie avec une pirouette :

– Son copain doit revenir ici pour des examens médicaux complémentaires, Sibeau va l'accompagner.

C'était sûrement ce qu'il aurait répondu si j'avais eu la même présence d'esprit que Mielle quand Sibeau m'avait dit : « À lundi. »

Après le départ de Mielle, je suis restée bloquée sur cette histoire de jambe cassée. Quand même, je trouvais ça bizarre, je repensais à plusieurs choses que Sibeau m'avait dites ; son père directeur de l'hôpital aussi, c'était étrange.

Une infirmière m'a apporté le déjeuner et j'ai demandé :

– Comment s'appelle le directeur de cet hôpital ?

— C'est Mme Perry. Pourquoi ?

— Madame ? C'est une femme ?

— Oui.

— Elle est mariée ?

— Oui. Pourquoi tu me poses ces questions ?

— Son mari s'appelle Gérard Zuniga ?

— Qu'est-ce que tu racontes ! Il s'appelle Perry, son mari, comme elle. Je ne connais pas son prénom.

— Il est médecin ?

— Informaticien, je crois. Voilà, tu es contente ? Ta curiosité est satisfaite ? Je te laisse, je dois voir d'autres patients.

Mon cœur s'emballait. Sibeau m'avait menti, menti, menti, menti. Je ne savais pas du tout quoi penser. Des milliers de questions dansaient la samba dans ma pauvre tête. Surtout une : pourquoi ? Pourquoi avait-il fait ça ?

Peut-être que j'avais mal compris. Il ne m'avait même pas dit le nom de son copain ; je ne pouvais pas aller, mine de rien, à l'accueil demander dans quelle chambre il était. Dommage, super dommage !

Impossible de manger : j'avais l'estomac complètement noué par la contrariété. C'était bien la première fois de ma vie que je n'avais pas envie de manger ! Ah non, la deuxième : il y avait eu aussi le coup des pains au chocolat après mon opération. Je vivais une période très troublée.

Bon. Pour quelle raison Sibeau m'aurait-il raconté des histoires ? Et si c'était une copine qu'il était venu voir ? Une fille ! Sa copine. Quelle horreur ! Il viendrait voir sa petite amie à l'hôpital et draguerait une autre fille quelques chambres plus loin ?

Non, sûrement pas.

Euh… Réfléchissons… Il y avait forcément un rapport avec la personne qu'il venait voir ici. Il ne voulait pas que l'on sache qui, de sa famille ou de ses amis, était dans cet hôpital. C'était quelqu'un d'important, pour qu'il sèche tout un jeudi exprès, qu'il passe son samedi entier ici… L'un de ses parents, son frère, sa sœur. Est-ce qu'il avait des frères et sœurs ? On ne lui avait pas fait le coup du questionnaire finalement, Mielle et moi. On aurait dû.

Non. Même malades, ses parents ne le laisseraient certainement pas sécher les cours.

J'étais assise toute droite sur mon lit. En fait, une seule explication me paraissait logique : Sibeau était malade ! Pourtant il avait l'air en forme, je l'avais vu marcher droit au collège, rire avec Antoine…

Oui, mais il était dispensé de sport... Oui, mais il ne quittait jamais son bonnet... Je repensais soudain au petit garçon dans sa bulle : il n'avait pas de cheveux ! Les profs du collège ne demandaient pas à Sibeau d'enlever son bonnet, ils devaient être au courant.

Peut-être que c'était grave, alors. Si on met les profs au courant, c'est que c'est grave... Oui, mais s'il allait au collège, s'il n'était pas obligé de rester constamment à l'hôpital, c'est que ça allait plutôt bien.

Quand même, ce petit garçon, il n'avait pas l'air en forme : il était tout maigre, il tremblait un peu. Je me sentais faible rien que d'y penser. Imaginer Sibeau souffrant d'une maladie, quelle qu'elle soit, me donnait des frissons. J'avais mal pour lui.

J'avais des images terribles dans la tête. Sibeau sans cheveux, triste, tremblant, tombant, plein de bleus, de bosses... J'en avais mal au cœur.

Il fallait que je lui demande ! Oui, mais Sibeau n'avait pas envie d'en parler, il fallait que je respecte son choix, sinon il se fâcherait, et il ne me ferait plus jamais confiance...

J'avais l'impression d'avoir pris dix ans d'âge mental en une heure. J'étais tout à coup bien loin des ricanements avec Mielle, des histoires de cheveux qui brillent et des kilos en trop. Grave… ou pas. Grave… ou pas… Ou pas. J'étais pétrifiée ! Partagée entre l'excitation la plus folle et l'abattement le plus total, j'ai passé un après-midi vraiment nul.

Chapitre 9

Quand maman est entrée dans ma chambre
avec un énorme ballon à tête de Donald Duck,
une sucette géante et bariolée, un joli bouquet
de fleurs et qu'elle a dit... :

— Ton père a ramené Élijah à la maison, il était
épuisé. Ça va, mon p'tit bout ?

... Je me suis mise à pleurer comme un veau.
Elle m'a bercée dans ses bras.

D'accord, j'avais promis de ne rien dire, mais
on n'avait pas parlé de mes parents. Sibeau

avait demandé : « Tu ne diras rien au collège. »
Alors voilà, j'ai tout raconté à maman : le
bonnet de Sibeau, son arrivée au collège en
milieu d'année, son absence jeudi, sa présence
à l'hôpital jeudi, vendredi soir et samedi toute
la journée, son projet de visite lundi. Elle a
écouté sagement, sans m'interrompre.
Elle n'a quitté son air grave qu'une fois mon
récit terminé, pour me lancer un espiègle :
— Tu es amoureuse ?
— Maman !
— Je n'ai rien dit, s'est-elle défendue. Bon. Tu
veux savoir ce que j'en pense ?
— Vas-y.
— Eh bien, je crois que tu es en droit de lui
demander franchement ce qui lui arrive.
— Tu penses qu'il est malade ?
— Eh bien, c'est possible. Il t'en a trop dit, ou
pas assez. Il ne peut pas t'en vouloir de t'in-
quiéter, ni de poser des questions.
Quand Maman dit : « Eh bien » plus d'une fois
dans une même conversation, c'est qu'elle
vous prend au sérieux.
— Surtout pas ! Il déteste les questions.
— Alors n'en pose pas. Dis-lui simplement que
certains indices te font croire qu'il est malade.
C'est peut-être à toi d'être franche en premier.

– Tu penses que c'est grave ?

– Eh bien, s'il est récemment revenu à l'école… on peut sans doute espérer qu'il va mieux.

Le lundi, j'avais la trouille ; c'était décidé, j'allais parler franchement à Sibeau !

Pendant des heures, j'ai imaginé les pires scénarios : Sibeau réagissait très, très mal, il partait, furieux, et on ne se revoyait jamais. Ou alors il ne se fâchait pas et m'annonçait tranquillement qu'il avait une maladie incurable. OOOOooooooh NON !

J'avais bien précisé à maman qu'elle ne devait pas venir me voir, papa et Élijah non plus. Évidemment, elle a dit ; « Oui… MAIS » : j'ai dû promettre de lui raconter mon entrevue avec Sibeau. Et, croyez-moi, j'avais bien l'intention de le faire, parce que les mensonges, les non-dits et autres sauts périlleux, c'était terminé.

Sibeau est arrivé vers 18 heures, j'étais tellement énervée que ma cicatrice me tirait. Lui, par contre, était souriant, il avait des gestes souples, il était calme.

Il a sorti de son sac une tablette de chocolat au lait et une nouvelle série de BD.

– J'ai apporté des munitions, a-t-il annoncé, je ne vais pas rester très longtemps ; mes parents m'attendent…

J'ai respiré un grand coup, il fallait que je le fasse tout de suite, sinon on allait commencer à discuter, à rigoler, et je n'aurais plus le courage de lui parler.

– Simon…

– J'ai un truc trop marrant à te raconter, a-t-il annoncé avec un sourire radieux.

– …

(J'étais vraiment amoureuse, moi !)

– Ce matin, j'arrive au bahut, j'étais plutôt de mauvaise humeur. Je suis toujours de mauvaise humeur le lundi matin. Je m'installe en maths, Jennifer s'assoit à côté de moi…

– … (Oh, la vache !)

– … Elle me dit : « Tu as passé un bon week-end ? Qu'est-ce que tu as fait ? » Tu sais ce que je lui ai répondu ?

– …

– « J'ai mis le feu à ma chambre ! Ma mère m'avait posé une question énervante, j'ai craqué ! »

Sibeau se marrait, tout seul. Moi, j'avais une grosse boule en travers de la gorge.

– C'est toi qui m'en as donné l'idée, samedi

soir, a-t-il rappelé. Sans blague, a-t-il poursuivi plus sérieusement, j'en ai ras le bol des questions, de toutes les questions.

— Oui, mais, des fois, c'est parce que les gens s'intéressent à toi qu'ils en posent.

— C'est de la curiosité, voilà tout, s'est renfrogné Sibeau.

Il y a eu un flottement. Je me disais : « Tant pis, je laisse tomber, s'il ne veut rien me dire je ne saurai rien, et voilà. » C'était insupportable de lui parler si sérieusement alors que les jours précédents on avait bien rigolé. Peut-être qu'il avait besoin qu'on ne lui parle pas de cette histoire de maladie, peut-être que la meilleure aide que je pouvais lui apporter, c'était des moments d'insouciance.

Je m'étonnais moi-même d'avoir des pensées aussi raisonnables. Je vieillissais à vue d'œil, ces derniers temps !

Bon. J'étais surtout d'une lâcheté épouvantable. Moi aussi, ça m'énervait, les « Qu'est-ce que tu as fait hier ? Qu'est-ce que tu as mangé ce midi ? À quoi tu penses ? » etc. Des questions débiles, qu'on pourrait vraiment éviter. J'aurais voulu lui dire ça, et qu'on s'en amuse tous les deux. Mais j'en avais plein, des questions à lui poser, et elles n'étaient pas évitables !

Sibeau était déçu, ça se voyait : son regard ne pétillait plus. J'avais éteint ses yeux ! Quelle nulle ! J'ai essayé de me rattraper :

— Des fois, on pose des questions parce qu'on est inquiet, parce qu'on tient à toi ! Parce qu'on a la trouille !

Aïe, aïe, aïe, aïe, aïe… Sibeau a pris un air sérieux, très sérieux.

— Je ne veux pas être indiscrète, c'est un hasard si on s'est rencontrés ici. Mais voilà, c'est fait, alors forcément je me pose des questions, me suis-je empressée d'ajouter.

— Pourquoi tu te poses des questions ? Qu'est-ce qui te paraît bizarre ?

Sibeau tentait le tout pour le tout, il essayait de m'intimider, de me faire croire que j'étais parano, que j'imaginais n'importe quoi. Il aurait préféré que je sois idiote ou quoi ?

— D'abord on ne reste pas des jours et des jours à l'hôpital juste pour une jambe cassée.

— Faux ! a-t-il enchaîné avec un air de défi, ça dépend de la fracture, parfois il faut carrément opérer.

Il s'imaginait quoi, ce garçon ? Qu'avec son charme irrésistible il pourrait me faire croire n'importe quoi ? Je commençais à m'énerver :

— Ton père n'est pas le directeur de cet établissement, tu es dispensé de sport, et je te parie trois *Tintin* que sous ton bonnet tu n'as plus de cheveux !

Chapitre 10

Sibeau me regardait droit dans les yeux. Il semblait hésiter; moi, je ne bougeais plus un cil. Il a poussé un long soupir:
— J'ai des copains dans cet hôpital, mais ils sont là pour des problèmes plus sérieux qu'une jambe cassée. Excuse-moi de t'avoir raconté des histoires, je me doutais bien que tu n'étais pas dupe.
— Ils sont très malades... comme toi.
— En fait, depuis ce soir, je suis déclaré offi-

ciellement guéri, a-t-il claironné avec un magnifique sourire.

J'avais les larmes aux yeux, je ne savais pas trop si c'était la joie de le savoir guéri ou une angoisse rétrospective. Sibeau s'en est aperçu, il est venu s'asseoir tout près de moi, sur mon lit.

— T'as pas le moral, a-t-il gentiment observé.

Je faisais des efforts surhumains pour ne pas pleurer, je me répétais sa petite phrase : « Je suis guéri », mais ça ne suffisait pas. J'aurais voulu savoir lire les analyses médicales et réclamer qu'on m'apporte celles de Sibeau, histoire de me rendre compte par moi-même.

— C'est que, ai-je essayé d'expliquer, je me suis un peu inquiétée, je me doutais que quelque chose n'allait pas.

— Justement, a dit Sibeau, comme je savais que c'était presque fini, je me disais que ce n'était pas la peine d'en parler. Je pensais te le dire, mais plus tard. On s'amusait bien tous les deux, alors je n'avais pas envie de gâcher ça. J'ai eu un cancer.

Je me suis tellement contractée à ce mot qu'il a marqué un temps.

Mais je n'ai pas posé la question évitable : « Quel genre de cancer ? » N'importe quelle

Jennifer l'aurait fait, alors que, comme moi, elle n'y connaissait certainement rien. Cancer du foie, du sang, du nez ou des chaussons, l'information restait la même : c'était grave.

– J'ai passé beaucoup de temps dans cet hôpital. J'ai raté pas mal de cours. On a essayé plusieurs traitements, dont la chimiothérapie. Mes cheveux ont commencé à repousser (il a touché son bonnet de marin avec un sourire). Les médecins m'ont conseillé de retourner au collège parce que ça allait beaucoup mieux. Je revenais ici régulièrement pour faire des examens, ils ont duré toute la journée samedi, je venais te voir entre deux. Et ce soir, on m'a annoncé que la tumeur a enfin disparu, sans laisser de trace.

Je riais et je pleurais en même temps, impossible de me contrôler. Il y avait l'émotion d'apprendre qu'il avait été très malade, celle de le savoir sauvé et celle de l'entendre me raconter ça à moi. Il me faisait confiance ou quoi ? QUOI ! aurait hurlé Mielle.

– Je ne l'ai dit à personne au collège, parce que trente gugusses qui te demandent tous les matins : « Ça va ? Comment se passe ton traitement ? Est-ce que tes cheveux repoussent correctement ? Quand pourras-tu jouer au foot ? », etc., etc., c'est franchement soûlant.

— Je comprends. Je ne dirai rien à personne.

« Et je ne poserai aucune autre question », me suis-je promis à moi-même.

— Après tout, a dit Sibeau, tu peux, maintenant. Je leur raconterai des horreurs si je les sens plus curieux qu'intéressés, tu m'aideras à les inventer. Tope là, s'est-il exclamé en me tendant la main.

J'ai frappé dedans, je me suis sentie rougir rien que de l'avoir touché.

— Le chocolat, c'est meilleur fondu, non ? a-t-il proposé.

— Mais tes parents t'attendent, tu m'as dit !

— Tu peux venir, on va fêter mon rétablissement, ils ont préparé une fête dans le réfectoire.

Plusieurs infirmières étaient réunies, il y avait aussi un médecin et les parents de Sibeau, ils avaient accroché des ballons partout, préparé un repas de fête, ils souriaient.

Il y avait de la musique et trois mini-filles entre quatre et huit ans, avec du bolduc dans les cheveux, des ballons à la main, qui couraient après Sibeau en lui lançant des confettis.

— Ce sont mes sœurs, m'a-t-il informée. Il manque deux personnes, a-t-il remarqué.

Je me suis permis un air interrogateur (sans poser aucune question !).

— Marcus n'est pas très bien aujourd'hui, a dit une infirmière, mais tu peux aller chercher Lucas.

— Viens, m'a glissé Sibeau à l'oreille en me tirant par la manche de mon pull.

Je l'ai suivi dans les couloirs jusqu'à la chambre de Lucas. Je n'aurais pas pu deviner son âge, mais il ne devait pas être tellement plus vieux que nous. Il paraissait immense dans son lit à roulettes. Il lisait mon album de *Thorgal*.

— Salut, a dit Sibeau, je te présente Moche (il m'a adressé un clin d'œil espiègle), c'est elle qui t'a prêté la BD.

J'adorais ça : qu'il m'appelle Moche comme si c'était le plus joli prénom de la Terre. J'étais fière, fière, fière.

Lucas et moi, nous nous sommes salués, il avait l'air fatigué, mais il souriait.

— On t'emmène, a chantonné Sibeau en aidant son ami à se lever.

Nous l'avons soutenu jusque dehors. En fait il marchait droit, sans aide, doucement, mais droit. Il nous a même exécuté un tranquille numéro de claquettes dans le couloir, à petits pas prudents.

– On passe voir Marcus, nous a expliqué Sibeau.

Nous avons longé les fenêtres, comme je l'avais fait la veille, et nous nous sommes arrêtés devant celle du petit garçon dans sa bulle. En le voyant j'ai ressenti un malaise : il avait l'air fragile et seul. Pourtant une femme était avec lui, sa mère sans doute, elle était coiffée d'un bonnet, et une blouse recouvrait ses vêtements. Elle a reconnu Sibeau et Lucas, elle a aidé Marcus à s'asseoir sur son lit. Il regardait dans notre direction, mais ses yeux étaient à moitié ouverts seulement et il n'avait pas l'air de bien nous distinguer.

Sibeau et Lucas se sont collés à la fenêtre, ils faisaient des grands signes, des grimaces, je me suis un peu détendue, et j'ai tiré la langue. Marcus ne réagissait pas.

Lucas nous a fait signe de nous pousser, nous nous sommes tous les trois glissés sur le côté, de sorte que Marcus ne nous voie plus. Puis Lucas et Sibeau sont passés devant la fenêtre, Lucas faisait semblant de taper sur la tête de Sibeau, qui s'accroupissait et se relevait successivement sous les coups. J'ai jeté un coup d'œil à Marcus, il souriait.

Nous lui avons fait au revoir. Il n'a pas eu la

force de nous répondre, mais il avait l'air mieux qu'à notre arrivée.

Par contre, Lucas tremblait un peu. Nous nous sommes assis quelques minutes sur un banc pour qu'il récupère.

— Marcus a subi une greffe de moelle osseuse il y a peu de temps, m'a expliqué Sibeau. Cette bulle, c'est un endroit stérile, il est à l'abri des microbes.

— Il fait de la peine, tout seul dans sa cage en plastique, ai-je remarqué sans arriver à cacher mon émotion.

— T'en fais pas, m'a rassurée Lucas, on se serre les coudes entre nous. Tous les jours, Simon et moi, on lui fait un show devant sa fenêtre.

— Et on se déguise en astronautes stériles pour venir lui lire des BD à travers sa bâche, ajoute Sibeau.

Et puis ils ont rigolé devant ma mine de cocker :

— Voilà, a dit Sibeau en me désignant, si tu te voyais, là, tu comprendrais pourquoi nous, les malades, hésitons à vous parler de nos misères de santé.

— On passe notre temps à dédramatiser, a poursuivi Lucas, et vous, les bien-portants,

71

vous vous appliquez tellement à souffrir pour nous que vous nous filez le bourdon.

Ils ont ricané comme ça tout le long du chemin, jusqu'au réfectoire.

Pour me venger, j'ai pensé avant eux à crier quand nous sommes arrivés dans le dernier couloir :

– Le dernier arrivé est une nouille froide !

Avant de partir en courant et de me laisser glisser sur mes chaussettes dans les derniers mètres.

Aussitôt Lucas s'est assis par terre et Sibeau l'a poussé dans le dos. Ils m'ont presque dépassée, Lucas bien droit sur son derrière et Sibeau qui s'était jeté sur le sol, à plat ventre.

Chapitre 11

Les proches de Sibeau au complet avaient commencé à grignoter. Josie avait mis de côté, pour lui et moi, de la pâte sablée crue, c'était délicieux.

Ils avaient préparé un cadeau pour Sibeau. C'était rond, c'était planqué dans un papier rouge, c'était un ballon !

— Chouette, a dit Sibeau, je vais pouvoir rejouer au hand-ball !

Ah ! Oh ! Hé ! ? De quoi, de quoi ? Il jouait au

hand-ball ? Mais, mais, mais, mais… j'allais reprendre l'entraînement avec Élijah très très vite, le plus vite possible !

– D'ici une poignée de semaines, a précisé un médecin, tu pourras recommencer doucement, oui.

– Super ! s'est exclamé Sibeau.

Ils l'ont tous embrassé, chacun leur tour… alors, moi aussi.

« EMBRASSÉ ! » aurait hurlé Mielle si elle avait été là.

FIN

Et pour rêver encore,
lis cet extrait
de

LE GARÇON DE MES RÊVES

de Sheri Cobb South

Chapitre 1

Tout commença par un pari. Un drôle de pari…
C'était la fin de l'année scolaire, et ce mois de
juin s'annonçait tranquille. Hormis le concert
que je préparais avec la chorale, je n'avais
aucun projet particulier. Aucun examen non
plus, car je finissais ma seconde en étant
assurée d'être admise en classe de première.
Comme un beau soleil estival brillait sur San
Francisco, j'avais donc l'intention de profiter
de la plage…

Mais Emily, ma meilleure amie, en avait décidé autrement. Sans me demander mon avis, elle m'avait inscrite au concours de beauté du lycée ! Moi, Caitlin Harris, la fille la plus banale que vous puissiez rencontrer ! Je suis brune, j'ai les cheveux longs et bouclés, les yeux marron… Mais, d'après Emily, qui se voit déjà championne de casting à Hollywood, je suis « d'une beauté discrète, mais réelle ». De plus, toujours d'après Emily, j'ai la « taille mannequin ». Avec mon mètre soixante-dix, j'ai plutôt l'impression d'avoir la taille autruche, mais bon…

Toujours est-il qu'Emily avait déposé un dossier de candidature en mon nom, en joignant une photo de moi, en décrivant ma silhouette… Et voilà que j'avais été sélectionnée !

— C'est une blague ? avais-je protesté, furieuse, quand mon amie m'avait annoncé la nouvelle.

— Pourquoi ? avait-elle répliqué, malicieuse. Je t'imagine bien couronnée « Reine du lycée Roosevelt » ! Et tu imagineras sûrement la

même chose quand tu sauras qui préside le jury du concours !
– Qui ?
– Michael Lewis.
– Mi… Michael ?
Grand, blond, musclé, toujours bronzé, Michael Lewis était le garçon que toutes les filles regardaient avec des yeux en forme de cœur. Michael Lewis, capitaine des Eagles, l'équipe de base-ball du lycée, était une idole pour tout le monde…
Y compris pour moi. Le base-ball, je n'y connaissais rien, mais j'étais désespérément amoureuse de Michael. Comme cent cinquante autres filles. Emily devait être l'exception… Elle sortait depuis près d'un an avec Mark, et ne jurait que par Mark.
– Imagine que tu gagnes, insista Emily. Michael te remarquera. Obligé ! Et je te signale qu'il est célibataire, en ce moment.
Et alors ?
D'abord, comment savait-elle que Michael était célibataire ?

Et, surtout, comment Emily réussit-elle à me persuader de me présenter au concours ? Je ne sais plus… Je sais seulement qu'on finit par parier : elle, que Michael découvrirait l'existence de la si belle, si merveilleuse et unique Caitlin Harris (dans ce cas, je devrais donner mon collier en perles turquoise à Emily) ; moi, que Michael ne verrait même pas l'ombre de mon ombre. Pour me consoler, Emily m'inviterait au ciné. Voir un film d'amour… Banco !

***

— Oh, j'en ai assez, de ces cheveux !
Impossible de discipliner mes boucles. On était samedi soir, et le concours de beauté avait lieu à 21 heures. Donc, dans moins de deux heures. Quel désastre ! Jamais je n'aurais dû me faire ce shampooing soi-disant embellissant, ni mettre des bigoudis ! Avec ma tignasse rebelle, je décrocherais le premier prix de laideur. Je soupirai.
Depuis une semaine, je passais un temps fou à

me préparer… Mme Forster, l'organisatrice du concours, avait exigé que les concurrentes s'exercent sérieusement. « Être belle, c'est du travail ! » affirmait-elle. Et comment… En moins de huit jours, j'étais censée apprendre à marcher tête haute, ventre rentré, épaules droites, un sourire détendu aux lèvres. Comme je pensais de nouveau à Michael Lewis, les battements de mon cœur s'accélérèrent. Détendue ! Facile à dire… « Maintenant, il faut que j'aille jusqu'au bout, pensai-je, en aspergeant mes cheveux d'eau, puis de gel coiffant. Je suis sûre qu'Emily perdra son pari, c'est tout ! » Bon, déjà mes cheveux étaient plus lisses, plus naturels. Ouf !

Retournant dans ma chambre, j'enfilai un T-shirt et un short, et répétai une dernière fois la démarche que Mme Forster nous avait enseignée : devant le miroir, je redressai les épaules, et une-deux, une-deux, je m'avançai avec un léger déhanchement aussi élégant que possible, en imaginant que j'étais la plus belle… pour Michael… J'entamais mon cinquième aller-retour quand la sonnette de la porte d'entrée retentit.

— Je vais ouvrir ! criai-je à ma mère. C'est Tim !

Tim Garrison était mon ami d'enfance. J'étais âgée de trois mois, et lui de trois ans, lorsque nous nous étions rencontrés pour la première fois. Comme il habitait en face de chez moi, je le voyais tous les jours depuis toujours. Mais je ne l'avais encore jamais vu aussi beau ! Il portait une chemise blanche, un jean blanc, et sous ses épais cheveux noirs, ses yeux paraissaient plus bleus que jamais.

— Tim, tu es ma-gni-fique !

— Merci. J'ai eu envie de faire honneur à la future Miss Monde.

L'air rieur, il m'examina de la tête aux pieds :

— Mais tu seras Miss Rien-du-Tout si tu te présentes comme ça.

— Tu n'aimes pas ma tenue ? plaisantai-je. Et moi qui voulais faire preuve d'originalité !

— Oui, eh bien, dépêche-toi de te préparer. Ton truc commence dans moins d'une heure.

— Mon truc... Ce n'est pas un truc, c'est un

concours de beauté.

C'est-à-dire, pour Tim, quelque chose de parfaitement stupide. Lui qui connaissait et partageait ma passion pour les livres, le théâtre et la musique classique était tombé de haut quand il avait appris que je me présentais. Évidemment : il ignorait la véritable raison qui me motivait… Je lui avais juste confié que c'était Emily qui m'avait inscrite.

— Concours de beauté ou pas, c'est un machin débile, se moqua de nouveau Tim en me suivant dans ma chambre. Je ne félicite pas ta copine Emily. Au fait, on doit aller la chercher ?

Je secouai la tête :

— Elle travaille au ciné-club deux fois par semaine, tu sais ? Et, manque de chance, on lui a demandé de remplacer quelqu'un ce soir.

« Le comble ! pensai-je. C'est elle qui a tout manigancé, et elle ne sera même pas là ! »

— Mais elle sera un peu avec nous grâce à ses chaussures, ajoutai-je.

— Qu'est-ce que tu racontes ?

— Emily m'a prêté des chaussures... Des chaussures de poupée Barbie! m'esclaffai-je en brandissant une paire d'escarpins roses à talons hauts. Jolies, non? Emily les a portées au mariage de son cousin. D'accord, elles sont un peu grandes pour moi, mais avec un morceau de coton elles m'iront.

Je passai dans la salle de bains, enfilai rapidement un jean et un chemisier. Lorsque Tim me vit ainsi habillée, il écarquilla les yeux :

— Mais...

— Je me changerai là-bas, expliquai-je.

Soudain impatiente de partir, je glissai les escarpins dans la valise où était soigneusement pliée ma tenue : une longue robe en tissu stretch couleur fuschia que maman m'avait achetée spécialement pour l'occasion. J'avais hâte de la mettre... Peut-être serais-je la plus belle, après tout...

Quelques minutes plus tard, je m'installais dans la voiture de Tim, une vieille Coccinelle bleue qui pétaradait comme une moto. Mes parents et mon petit frère Jonathan nous rejoindraient plus tard.

— J'ai quand même le trac, murmurai-je, une main crispée sur ma trousse de maquillage.

— Ne t'inquiète pas, fit Tim d'un ton rassurant. Tu réussis toujours ce que tu fais, Cait ! L'appréhension me noua l'estomac. Réussirais-je à attirer l'attention de Michael Lewis ? Rien n'était moins sûr. J'aurais bien aimé en parler à Tim. Lui et moi, on se disait toujours tout. Mais là, bizarrement, je me sentais bloquée… Sans doute parce que, cette fois, seule une fille pourrait me comprendre.

***

Ma robe était un peu serrée. Un peu… beaucoup. Pour l'enfiler, j'avais dû me tortiller comme une anguille. Incroyable ! Le jour où je l'avais essayée, je n'avais pas eu ce problème. « Bravo, j'ai dû grossir ! » me dis-je, énervée. Normal… Ces derniers temps, j'avais englouti des tonnes de chocolat. Pour oublier mon anxiété.

Je finissais de me maquiller quand Mme Forster fit irruption dans la pièce :

– Les concurrentes numéros 50 à 62, venez avec moi ! On annonce déjà le numéro 45.

Je portais le numéro 52. Zut ! Plus le temps de caler les escarpins d'Emily avec du coton ! Je mis les chaussures – vraiment trop grandes pour moi – puis suivis Mme Forster et les autres filles. On traversa les vestiaires, et on gagna le gymnase, où un podium avait été installé. Les lumières brillaient le long de l'avancée sur laquelle je défilerais bientôt… Assis tout au bout, à une grande table en compagnie des autres membres du jury. Michael Lewis présidait, le micro à la main. Paralysée de peur, j'attendis. Il ne tarda pas à m'annoncer…

– Voici maintenant la concurrente numéro 52, Caitlin Harris, en seconde littéraire…

Prenant une profonde inspiration, je m'élançai comme si j'allais effectuer le plus haut plongeon de ma vie. « Tête haute, épaules redressées, ventre rentré, pieds bien parallèles… »

J'étais presque sûre de moi. N'avais-je pas répété des dizaines et des dizaines de fois? Comme je m'approchais du jury, j'esquissai mon plus beau sourire, virevoltai…

Parmi tous les yeux qui me scrutaient, il y avait ceux de Michael… Je ne le voyais pas à cause des lumières, mais rien que de penser à lui, je sentais mon cœur s'emballer comme un cheval fou.

Toujours souriante, je m'apprêtais à faire demi-tour quand, ô horreur, mon pied droit sortit carrément de l'escarpin! Je trébuchai, me rattrapai de justesse tandis qu'un éclat de rire général retentissait dans le public. Rouge de confusion, je remis ma chaussure et quittai la scène presque en courant.

– Beau numéro d'équilibre! Passons à la concurrente numéro 53…

Les oreilles bourdonnantes, j'entendis Michael annoncer la suite du défilé. Michael qui, évidemment, ne m'adresserait jamais la parole. Il m'avait remarquée, d'accord, mais parce que je venais d'être la reine du ridicule!

Mortifiée, honteuse, je m'assis dans un coin et attendis la fin du concours sans parler à personne. À présent que j'étais hors jeu, la soirée me paraissait mortelle. Enfin, Michael proclama le nom de la gagnante : Sasha Philips, une grande fille blonde aux cheveux de princesse. Une fille belle comme celles qui posent dans les magazines.

Puis Mme Forster invita toutes les concurrentes à rejoindre l'heureuse élue sur la scène. J'applaudis comme tout le monde tandis que Michael déposait une couronne scintillante sur la chevelure dorée de la superbe Sasha. Lorsqu'il l'embrassa sur la joue, je baissai les yeux pour cacher ma déception… et ma jalousie. Après quoi, il y eut un discours de clôture que je n'écoutai pas, et le rideau tomba.

Ôtant les escarpins d'Emily, je me dirigeai vers les vestiaires. « Quelle idiote ! Pourquoi me suis-je présentée à ce stupide concours ! » me dis-je, furieuse contre moi-même. Jamais je ne m'étais sentie aussi stupide. Tim avait dû bien rire… Mes parents aussi ! Étouffant un soupir, je m'arrêtai devant le distributeur de boissons pour prendre un soda. Ensuite, mon verre à la main, je repartis lentement, les yeux dans le vague. Ce soir, j'avais l'impression de ne pas être moi-même. Quelle étrange sensation…

— Hé, Cendrillon !

Je reconnus la voix de Michael Lewis. Il ne manquait plus que ça !

— Tu as perdu tes deux chaussures, cette fois ?

Aucun doute, il s'adressait à moi. Le cœur battant, je me retournai. Michael me rattrapa en souriant :

— Caitlin, c'est ça ? Je me souviens de ton prénom, mais pas de ton nom.

— Harris…, balbutiai-je.

— Ah oui, Caitlin Harris, candidate numéro 52, énonça-t-il en regardant mes pieds nus d'un drôle d'air.

Puis il m'enveloppa d'un regard rapide :

— Jolie comme tu es, tu aurais pu gagner.

Je crus avoir mal entendu. Je soufflai :

– J'ai au moins réussi à faire rire tout le monde.

– Tu m'étonnes !

Il ébaucha ce sourire qui faisait craquer toutes les filles :

– Rien que pour ça, tu aurais dû gagner.

– Merci. J'ai beaucoup répété pour que mon numéro paraisse naturel.

Michael me contempla quelques instants, surpris, puis il éclata de rire. Moi, je dus rougir comme une tomate.

– Tu as remporté le premier prix de l'humour, en tout cas. Et ça me ferait plaisir de te revoir, Miss Cendrillon ! J'ai mon premier grand match vendredi prochain, après les cours. Viens, et après, on ira manger quelque chose.

Je devais rêver. Michael Lewis m'invitait à sortir avec lui ? Moi ?

Comme je restais silencieuse, il se crut obligé d'insister :

– Si tu en as envie, bien sûr.

– Oui… Oui, ça me fera plaisir, à moi aussi.

Alors là, c'était le sous-entendu du siècle !

— Super. On se retrouvera devant les vestiaires, à la fin du match.

— D'accord…

Michael me sourit de nouveau, et tourna les talons. Incrédule, le cœur gonflé de joie et de fierté, je le suivis du regard, admirant sa silhouette athlétique. « Je rêve, je rêve… », me répétais-je. C'était totalement fou ! J'avais la sensation de flotter sur un nuage… Finalement, les escarpins d'Emily m'avaient porté chance !

Et Emily avait gagné son pari…

Ce soir-là, ma famille et Tim furent très étonnés de me voir aussi rayonnante… Surtout Tim.

Chapitre 2

— Fabuleux ! Absolument fabuleux ! s'exclama Emily, quand je lui téléphonai le lendemain matin pour lui annoncer la nouvelle. Je le savais !

— Je te signale que ce n'est pas mon exceptionnelle beauté qui l'a séduit ! S'il m'a remarquée, c'est parce que j'ai perdu une de tes magnifiques chaussures !

— Mais il t'a remarquée, c'est ça qui compte ! Et il t'a invitée ! J'ai gagné mon pari !

— Tu auras mon collier turquoise, promis.
À l'autre bout du fil, Emily pouffa :
— Toutes les filles du lycée seront mortes de jalousie quand elles sauront que tu sors avec Michael. Donc, vendredi, tu vas le voir jouer, poursuivit-elle. Tu t'y connais en base-ball ?
— Pas du tout.
— Alors, renseigne-toi un minimum… Et fais-toi belle.
— Je vais essayer.

Découvre vite la suite de cette histoire
dans
LE GARÇON DE MES RÊVES
N° 352 de la série

Cœur Grenadine

Impression réalisée sur CAMERON par

BRODARD & TAUPIN

GROUPE CPI

La Flèche
en octobre 2002

Imprimé en France
N° d'impression : 14910